AF454534

SUCCESSION DE MADAME VEUVE D... *Delizy*

(DEUXIÈME VENTE)

OBJETS D'ART

ET D'AMEUBLEMENT

OBJETS DE VITRINE, DENTELLES

ÉTOFFES

SIÈGES ET MEUBLES

Anciens et Modernes

PARIS — DÉCEMBRE 1913

IMPRIMERIE DE L'ART

CATALOGUE

DES

OBJETS D'ART

Et d'Ameublement

ANCIENS ET MODERNES

TABLEAUX

OBJETS DE VITRINE

Bijoux, Boîtes, Montres, Miniatures, etc.

COLLECTION DE DENTELLES

Alençon, Angleterre, Argentan, Bruxelles, Chantilly, Malines, Milan, Valenciennes, Venise, etc.

ÉTOFFES ANCIENNES

BRONZES D'AMEUBLEMENT

SIÈGES ET MEUBLES

ANCIENS ET DE STYLE

DONT LA DEUXIÈME VENTE AUX ENCHÈRES PUBLIQUES AURA LIEU

PAR SUITE DU DÉCÈS DE MADAME VEUVE D...

HOTEL DROUOT, SALLE N° 1

LES VENDREDI 19, SAMEDI 20
LUNDI 22 ET MARDI 23 DÉCEMBRE 1913

A DEUX HEURES

COMMISSAIRE-PRISEUR

Mᵉ F. LAIR-DUBREUIL

6, rue Favart

EXPERTS

MM. PAULME ET B. LASQUIN FILS

10, rue Chauchat - PARIS - 11, rue de la Grange-Batelière

EXPOSITION PUBLIQUE

Le Jeudi 18 Décembre 1913, de 1 heure 1/2 à 6 heures

CONDITIONS DE LA VENTE

Elle sera faite au comptant.

Les adjudicataires paieront *dix pour cent* en sus des enchères.

Paris. — Imp. de l'Art, Ch. Berger, 41, rue de la Victoire.

DÉSIGNATION

OBJETS DE VITRINE

BIJOUX, BOITES, ÉTUIS, NÉCESSAIRES, MONTRES, MINIATURES, ETC.

1 — Coffret à jetons, boîtes et étuis en nacre gravée et posée argent. xixe siècle. Ensemble cinq pièces.

2 — Quatre ciseaux, deux étuis et un petit poinçon en fer ciselé ou cuivre gravé. xviie, xviiie siècles et Empire. Ensemble sept pièces.

3 — Deux porte-montre, une applique, une entrée de serrure et un étui à ciseau en bronze ou cuivre. Ensemble cinq pièces.

4 — Trois petits violons, tabatière, flacon, bas-relief, affiquets, etc. en buis, ivoire, etc., d'époques et origines diverses. Ensemble treize pièces.

5 — Cadran solaire dans son écrin, cachet-breloque à armoiries gravées en argent; tire-bouchon, quillon d'épée et médaillon en fer ciselé ou gravé. xviie et xviiie siècles. Ensemble cinq pièces.

6 — CHATELAINE en cuivre ciselé, à décor de médaillons d'attributs divers, munie de quatre breloques en or, argent doré et nacre. Elle est accompagnée d'une montre à répétition en or ciselé à sujet allégorique. Mouvement de *Pierre-Antoine Merkel, à Francfort*. Époque Louis XVI.

Haut. totale, 20 cent.

7 — CHATELAINE en cuivre gravé et partiellement émaillé en couleurs, à décor d'attributs, guirlandes et rubans, munie de deux breloques et accompagnée de sa montre en or gravé et partiellement émaillé de décor analogue à la châtelaine. Mouvement de *Du Mont, Deux-Ponts*. Époque Louis XVI.

Haut. totale, 17 cent. 1/2.

8 — CHATELAINE en cuivre ciselé, à décor d'attributs variés, munie de quatre breloques dont trois en or. Elle est accompagnée d'une petite montre en or guilloché et ciselé. Mouvement de *Ch. Oudin, à Paris*. Époque Louis XVI.

Haut. totale, 18 cent.

9 — CHATELAINE en cuivre partiellement doré, à décor de petits vases dans des médaillons, munie de quatre breloques en or ou montées en or. Elle est accompagnée d'une montre en or ciselé, décorée d'attributs sur fond amati. Mouvement de *Lépine, à Paris*. Époque Louis XVI.

Haut. totale, 19 cent. 1/2.

10 — CHATELAINE, à médaillons découpés et triple chaînette, en argent doré, à décor de petits médaillons émaillés en bleu et couleurs. Commencement du XIXe siècle.

Haut., 30 cent.

11 — Chatelaine en argent ajouré, sertie de pierres, munie
de quatre breloques en or. Elle est accompagnée d'une
montre-squelette en or gravé, avec encadrements et
mouvement pavés de marcassite, et petit médaillon en
émail : Portrait de femme. Époque Louis XVI.

Haut. totale, 17 cent. 1/2.

12 — Chatelaine en cuivre doré, à décor de petites pagodes,
oiseau et rinceaux. Elle est munie de deux breloques :
cachet et clé de montre.

Haut., 12 cent.

13-14 — Chatelaines ou agrafes en acier, dont quelques-
unes à ornements de cuivre doré. xviiie et xixe siècles.
Ensemble huit pièces.

15 — Chatelaines en argent doré. xviiie et xixe siècles.
Ensemble trois pièces.

16 — Chatelaines en cuivre ciselé. xviiie siècle. Ensemble
trois pièces.

17 — Petite montre en or ciselé et sertie de petites roses.
Au revers du boîtier, petit médaillon ovale émaillé en
couleurs : Buste de femme. Mouvement de *Berthoud,
à Paris.* Époque Louis XVI.

Diam., 30 millim.

18 — Petite montre en or guilloché et émaillé sur ses
deux faces ; encadrements de demi-perles.

Diam., 31 millim.

19 — Montre-squelette en or gravé, avec encadrements
et mouvement sertis de petites roses. Époque Louis XVI.

Diam., 37 millim.

20 — Montre en or guilloché et ciselé, à sujet pastoral en
ors de couleurs encadré de rocailles ; le poussoir est
orné d'un brillant. Mouvement de *Pierre Le Roy, à
Paris*. Époque Louis XV.

Diam., 37 millim.

21 — Montre en or guilloché et revers émaillé. Cadran
cerclé de pierres. Mouvement de *Ch. Leroy, à Paris*.
Époque Louis XVI.

Diam., 42 millim.

22 — Montre dans un encadrement, forme vase aplati, en
argent, émail bleu et strass, munie d'une agrafe de
suspension en argent avec spatule en cuivre.

23 — Petite montre de dame, à boîtier ciselé en ors de
couleurs. Style Louis XVI.

24 — Étuis ou écrins en galuchat ou maroquin et deux
sébiles ovales décorées au vernis. Ensemble huit
pièces.

25 — Trois petits portefeuilles ou carnets en maroquin
ou soie brodés, ou garnis d'argent. Époque Restauration.

26 — Montres incomplètes, carcasses, cadrans, mouve-
ments démontés, etc., en argent ou cuivre. Environ
trente pièces.

27 — Très fort lot de coqs de montre en cuivre
repercé et gravé. xviie et xviiie siècles. Environ neuf
cents pièces.

28 — Petit métier à broder dans une boîte en bois de
rose ouvrant à coulisse, et un nécessaire à broder
dans une boîte en bois à anse de panier. xviiie et
xixe siècles.

29 — Garniture, composée d'une paire de pendants
d'oreilles, un pendentif et deux ornements de coiffure.
Cinq pièces, dont quatre en argent et une en or, ser-
ties de roses.
Haut. du pendentif, 11 cent.

30 — Paire de boucles d'oreilles, forme pendentif, en
or serti de petites roses.
Haut., 50 millim.

31 — Paire de boucles d'oreilles, forme pendentif, en
or serti de petites roses.
Haut., 80 millim.

32 — Bague-chevalière en or ; le chaton fait d'une miniature : Portrait de jeune femme, dans un entourage
de pierres. Commencement du xixe siècle.
Haut., 34 millim.; larg., 22 millim.

33 — Chenille articulée en or, partiellement émaillée et
sertie de perles et pierres.
Long., 70 milllim.

34 — Trois broches montées en argent et deux boutons,
à sujets peints sur émail. Ensemble cinq pièces.

35 — Bague, broche, culot en or, et un lot de perles
fausses.

36 à 38 — Bijoux variés : boucles, boîte, navette, bésicles,
monocles, etc., en cuivre, argent ou autres matières.
Ensemble vingt pièces.

39-40 — BOUTONS d'habit ou de gilet, en argent, strass et
pierres de couleur, de décor varié. XVIIIe siècle. Ensemble trente-huit pièces.

41 — ÉPINGLE-BROCHE en or, présentant, sur chacune de
ses deux faces, une miniature : Portrait d'enfant en
buste. Fin du XVIIIe siècle.

Haut., 36 millim. ; larg., 26 millim.

42 — ÉVENTAIL à monture d'ivoire décorée au vernis ;
feuille peinte à la gouache : Sujet pastoral. Époque
Louis XV.

Larg. ouvert, 40 cent.

43 à 45 — ÉVENTAILS à montures d'ivoire, nacre, écaille,
métal, etc., avec feuilles peintes ou brodées. XVIIIe et
XIXe siècles. Ensemble seize pièces. (Ce lot pourra être
divisé.)

46-47 — ÉVENTAILS à montures d'os, ivoire ou nacre, avec
feuilles peintes ou brodées, et un éventail en plumes
d'autruche à monture d'écaille blonde. Ensemble cinq
pièces. (Ce lot pourra être divisé.)

48 à 52 — BOURSES à coulants en broderie, filet ou tulle,
garnies de perles, acier, etc. Époque Restauration.
Ensemble quatre-vingt-cinq pièces. (Ce lot pourra être
divisé.)

53 à 56 — SACS A MAIN OU RÉTICULES en peau, velours, soie,
filet ou tulle brodés à perles ou acier, garnis d'acier
ou cuivre doré. Époque Restauration. Ensemble trente
pièces. (Ce lot pourra être divisé.)

57 à 61 — Bourses ou porte-monnaie en velours, soie, filet ou tulle, garnis de perles, acier ou cuivre doré, et une paire de gants. Époque Restauration. Environ cinquante pièces. (Ce lot pourra être divisé.)

62 — Petit almanach illustré pour l'année 1800, dans une reliure en nacre partiellement dorée, à décor d'attributs.

Long., 85 millim.

63 — Carnet de bal, à tablettes d'ivoire, en nacre gravée et partiellement dorée, à décor d'attributs de musique et guirlandes de fleurs. Époque Louis XVI.

Haut , 91 millim.

64 — Boite oblongue en nacre gravée à rocailles et oiseaux ; monture en cuivre. Epoque Louis XV.

Long., 82 millim.

65 — Petite boite, forme cœur, en galuchat, montée en or ; sur le dessus, ainsi qu'au pourtour, motifs en or à rocailles, fleurs et animaux.

Long., 42 millim.

66 — Petit drageoir rond en agate, à monture d'or ciselé ; le couvercle est incrusté de trois motifs pavés de brillants, roses et pierres de couleurs.

Diam., 43 millim.

67 — Drageoir, de forme contournée, fait de deux plaques de cristal de roche gravé : Chasse au cerf et paysage maritime ; monture en cuivre. XVIIIᵉ siècle.

Long., 74 millim.; larg., 56 millim.

68 — Boite rectangulaire en écaille brune, garnie en
or; sur le dessus : mosaïque à sujet de paysage et
paysages. xixe siècle.

Long., 82 millim.; larg., 60 millim.

69 — Boite ovale en porcelaine décorée; sur le dessus,
médaillon ovale : Femme jouant de la guitare; au
pourtour, et au-dessous : Paysages maritimes.

Long., 85 millim.; larg., 64 millim.

70 à 72 — Cinq boites rondes en poudre d'écaille, ivoire,
ou racine, ornées sur les couvercles de peintures
fixées sous verre : Portrait, scène de cabaret, paysages
maritimes avec figures. xviiie et xixe siècles. (Ce lot
pourra être divisé.)

73 à 75 — Sept boites rondes et un dessus de boîte en
ivoire sculpté ou gravé, ornés de sujets variés. xviiie
et xixe siècles. (Ce lot pourra être divisé.)

76 — Quatre boites rondes en écaille blonde, poudre
d'écaille ou ivoire, avec sujets allégoriques ornant les
couvercles. xviiie siècle.

77 — Boite rectangulaire en nacre, monture métal. —
Boîte en écaille jaspée, garnie or. — Deux boîtes
rondes décorées au vernis, dont une forme reliquaire.
xviiie et xixe siècles. Ensemble quatre pièces.

78 — Deux boites rondes et une autre, forme navette,
en écaille ou poudre d'écaille posée or. xviiie siècle.
Ensemble trois pièces.

79-80 — Étui-nécessaire, forme livre, en émail et métal. — Drageoir en fer gravé. — Boîte ovale et une autre rectangulaire en cuivre ciselé et doré. — Boîte à mouches en cuivre ciselé et doré. XVIIᵉ, XVIIIᵉ et XIXᵉ siècles. Ensemble cinq pièces.

81 à 83 — Boites rondes en ivoire, écaille, poudre d'écaille, vernis, etc., ornées sur les couvercles de miniatures ou dessin. XVIIIᵉ et XIXᵉ siècles. Ensemble huit pièces. (Ce lot pourra être divisé.)

84 — Écrin ovale en cuir clouté, renfermant deux miniatures à l'huile : Portraits de femmes. Commencement du XVIIIᵉ siècle.

85 — Boite ronde en cuivre ciselé, doublée intérieurement d'or, et une paire de ciseaux avec chaînette et agrafe en or. Époque Restauration. Deux pièces.

86 — Chatelaine en acier découpé, munie de divers ustensiles ou breloques, et ornée d'un médaillon ovale en biscuit à fond bleu. Époque Restauration.

87 — Trois petits carnets en maroquin, avec dorure, ivoire ou nacre, dont deux garnis d'acier. Époque Restauration.

88 — Tabatière oblongue en or gravé et ciselé, à décor de frises de feuillages et panneaux à queue de paon. Époque Restauration.

Long., 72 millim.

89 — Boite ovale en porcelaine, décorée en couleurs de sujets pastoraux dans le goût de Lancret; monture en argent doré.

Long., 70 millim.

90 — Boite ovale en or guilloché, avec bordures et
pilastres ciselés. Époque Louis XVI.

Long., 65 millim.; larg., 48 millim.

91 — Très petite boite à mouches, de forme ovale, en
or guilloché et gravé avec pointes d'émail. xixᵉ siècle.

Long., 35 millim.

92 — Boite oblongue, à petits pans coupés, en or, à
rayures d'émail bleu et filets d'émail blanc. xixᵉ siècle.

Long., 91 millim.; larg., 34 millim.

93 — Boite ronde, décorée au vernis et ornée sur le dessus d'une miniature fixée sous verre : Sujet galant,
d'après Borel. Époque Louis XVI.

Diam. de la boite, 85 millim.

94 — Petit étui a cire en or gravé et ciselé, décor d'arabesques et feuillages. Fin du xviiiᵉ siècle.

Haut., 116 millim.

95 — Étui cylindrique aplati en or repoussé et ciselé, à
motifs d'attributs, personnages, fleurs, etc.

Haut., 65 millim.

96 — Étuis-nécessaires en argent ou métal doré, à décor
de rocailles. xviiiᵉ siècle. Ensemble cinq pièces.

97-98 — Boites, étuis et un porte-plume en ivoire sculpté
ou gravé. xviiiᵉ et xixᵉ siècle. Ensemble quatorze pièces.
(Ce lot pourra être divisé.)

99-100 — Boites ou étuis, dont un en porcelaine décorée,
les autres en écaille blonde ou jaspée, montés ou
posés or ou métal. xviiiᵉ et xixᵉ siècles. Ensemble sept
pièces. (Ce lot pourra être divisé.

101-102 — ÉTUIS OU NÉCESSAIRES en galuchat ou chagrin et boîtes en métal ou argent doré. XVIIIe et XIXe siècles. Ensemble sept pièces.

103-104 — ÉTUIS A AIGUILLES, décorés au vernis à sujets variés : Amours, personnages, animaux, etc. XVIIIe et XIXe siècles. Ensemble sept pièces. (Ce lot pourra être divisé.)

105 — PETIT ÉTUI-NÉCESSAIRE en jaspe gravé à figures d'enfants nus, et monture d'or. Il renferme quelques petits ustensiles montés en or. XVIIIe siècle.

Haut., 82 millim.

106 — ÉTUI OBLONG en or ciselé et écaille, orné sur ses deux faces de petites gouaches : Vues d'un château. Fin du XVIIIe siècle.

Haut., 73 millim.

107 — PETITE BOITE A ÉPINGLES en or mo;uluré et guilloché, de forme oblongue, à petits pans coupés. Le couvercle est orné d'une miniature en grisaille : Amours. XVIIIe siècle.

Long., 42 millim.

108 — ÉTUI-NÉCESSAIRE en galuchat monté en argent doré; il renferme quelques ustensiles à monture d'argent doré. XVIIIe siècle.

Haut., 97 millim.

109 — BOITE RONDE en écaille blonde cerclée et galonnée d'or. Elle est ornée, sur le couvercle, d'une miniature peinte sur nacre : Offrande à l'Amour. Époque Louis XVI.

Diam. de la boîte, 65 millim.

110 — ÉTUI A PARFUMS en galuchat, renfermant quatre
petits flacons, avec bouchons et petit entonnoir en or.
XVIIIe siècle.

Haut., 65 millim.

111 à 113 — ÉTUIS VARIÉS en métal, ivoire ou nacre, un
couteau à manche de nacre et monture d'or et un petit
éventail en nacre. XVIIIe et XIXe siècles. Ensemble treize
pièces.

114-115 — QUATRE MINIATURES OVALES OU RECTANGULAIRE :
Portraits de femmes ou d'homme, et un cadre en bois
sculpté doré renfermant deux camées. XVIIIe et XIXe siècles.
Ensemble cinq pièces.

116 — MINIATURE RONDE : Portrait de femme. Vue à mi-
corps dans un parc, vêtue d'une robe blanche à col de
dentelle, avec ceinture bleue. A son cou est suspendu
un médaillon à miniature : Portrait d'homme. XVIIIe siècle.

Diam., 70 millim.

117 — MINIATURE RONDE : Portrait d'homme. Vu en buste
de trois-quarts à gauche, en habit ouvert, avec gilet et
chemise de lingerie. Signée en bas, à gauche : *Perin*.
XVIIIe siècle.

Diam., 62 millim.

118 — MINIATURE RONDE : Portrait de femme. Vue à mi-
corps, assise sur une chaise, presque de face, tenant
un livre dans sa main droite. Signée et datée, à gauche :
Lemoine, 1789. XVIIIe siècle.

Diam., 71 millim.

119 — Miniature ronde : Portrait d'homme. Vu en buste, de trois-quarts à droite, vêtu d'un habit à revers et cravate de lingerie ; fond de verdure. xviiie siècle.

Diam., 60 millim.

120 — Miniature ronde : Portrait de femme. Vue en buste dans un paysage, assise, les bras croisés. xviiie siècle.

Diam., 70 millim.

121 — Miniature ronde : Portrait d'homme. Vu de trois-quarts à droite, le visage de face, en habit brun et gilet jaune à rayures. Elle est montée sur une boîte en écaille brune. xviiie siècle.

Diam. de la miniature, 70 millim.

122 — Miniature : Portrait de femme, dans un cadre en argent et strass. — Miniature ovale : Portrait de femme. — Petite gouache ronde : Paysage. xviiie et xixe siècles. Ensemble trois pièces.

123-124 — Trois miniatures, dont deux rondes et une rectangulaire : Portraits de femmes, et une petite peinture ronde : *Joseph et la femme de Putiphar*. Ensemble quatre pièces.

125 à 130 — Fort lot de miniatures fixées sous verre, de formes et dimensions variées, à sujets de personnages, paysages, etc. xviiie et xixe siècles. Environ soixante-dix pièces. (Ce lot pourra être divisé.)

131 — Miniature ronde, d'après Boilly : *Le Prélude de Nina*. Cadre en cuivre doré. xviiie siècle.

Diam., 61 millim.

2

132 — MINIATURE RONDE, d'après N. LAVREINCE : *La Déclaration*, faisant pendant à la précédente. Cadre en cuivre doré. XVIIIᵉ siècle.

Diam., 61 millim.

133 — GOUACHE RONDE, à sujet de personnages dans un paysage.

Diam., 71 millim.

134 — MINIATURE RONDE : Portrait de femme avec sa fille. Commencement du XIXᵉ siècle.

Diam., 67 millim.

DENTELLES

135 — **Alençon.** Trois coupes.

136 — **Alençon.** 4 m. 45 cent.

137 — **Alençon.** Trois coupes.

138 — **Alençon.** 2 m. 40 cent.

139 — **Alençon.** 2 m. 60 cent.

140 — **Alençon.** Fichu.

141 — **Alençon.** Trois coupes.

142 — **Alençon.** Quatre coupes.

143 — **Alençon.** Deux coupes.

144 — **Angleterre.** Ombrelle en application, manche ivoire
et corail.

145 — **Angleterre.** Ombrelle en application, manche
écaille.

146 — **Angleterre.** Coupe 2 m. 75 cent.

147 — **Angleterre.** Ombrelle et cinq coupes.

148 — **Angleterre.** Coupe 1 m. 65 cent.

149 — **Angleterre.** Trois coupes application.

150 — **Angleterre.** Ombrelle et quatre cols en application.

151 — **Angleterre**. Coupe quatre mètres.

152 — **Angleterre**. Coupe 3 m. 40 cent.

153 — **Angleterre**. Écharpe.

154 — **Angleterre**. Fichu.

155 — **Angleterre**. Cinq coupes application.

156 — **Angleterre**. Cinq coupes application.

157 — **Angleterre**. Quatre pièces application.

158 — **Angleterre**. Coupe 4 m. 60 cent.

159 — **Angleterre**. Trois coupes.

160 — **Angleterre**. Deux coupes et un voile.

161 — **Angleterre**. Quatre coupes.

162 — **Angleterre**. Quatre coupes.

163 — **Argentan**. Trois coupes.

164 — **Argentan**. Coupe 1 m. 75 cent.

165 — **Argentan**. Trois coupes.

166 — **Argentan**. Deux coupes.

167 — **Argentan**. 3 m. 75 cent.

168 — **Argentan**. Barbe.

169 — **Bruges**. Coupe et écharpe.

170 — **Bruges**. Deux coupes et écharpe.

171 — **Bruxelles**. Trois coupes application.

172 — **Bruxelles**. Pièce en application.

173 — **Bruxelles**. Quatre pièces en vieux point.

174 — **Bruxelles**. Fichu en vieux point.

175 — **Bruxelles**. Quatre pièces en vieux point.

176 — **Bruxelles**. Quatre pièces en vieux point.

177 — **Cambrai**. Une ombrelle.

178 — **Cambrai**. Une ombrelle en Cambrai. — Trois ombrelles en soie et deux manches en ivoire.

179 — **Chantilly**. Petit châle.

180 — **Chantilly**. Châle.

181 — **Chantilly**. Châle.

182 — **Chantilly**. Coupe 8 mètres.

183 — **Chantilly**. Coupe 8 mètres.

184 — **Chantilly**. Écharpe.

185 — **Chantilly**. Coupe 9 m. 80 cent.

186 — **Chantilly**. Coupe 6 mètres.

187 — **Chantilly**. Coupe 12 mètres.

188 — **Chantilly**. Dix voilettes.

189 — **Chantilly**. Volant.

190 — **Chantilly**. Coupe 8 mètres.

191 — **Chantilly**. Coupe 4 m. 90 cent.

192 — **Chantilly**. Deux coupes.

193 — **Chantilly**. Corsage.

194 — **Chantilly**. Voile.

195 — **Chantilly**. Écharpe.

196 — **Chantilly**. Pointe.

197 — **Chantilly**. Coupe 4 mètres.

198 — **Chantilly**. 9 m. 50 cent. guipure.

199 — **Chantilly**. Petit châle.

200 — **Chantilly**. Voile.

201 — **Chantilly**. Quatre pièces.

202 — **Chantilly**. Trois pièces.

203 — **Chantilly**. Trois coupes.

204 — **Chantilly**. Sept pièces.

205 — **Chantilly**. Deux ombrelles.

206 — **Chantilly**. Cinq pièces.

207 — **Chantilly**. Deux capelines, deux barbes.

208 — **Chantilly**. Ombrelle.

209 — **Chantilly**. Coupe 8 mètres.

210 -- **Chantilly**. Deux coupes Chantilly blanc.

211 — **Chantilly**. Deux fichus Chantilly blanc.

212 — **Cluny**. Trois pièces tulle brodé et une pièce Cluny.

213 — **Cluny**. Treize pièces modernes.

214 — **Cluny**. Cinq bandes basses en Cluny et cinq morceaux de broderie.

215 — **Divers**. Lot d'imitation de dentelles.

216 — **Divers**. Tapis filet ancien.

217 — **Divers**. 9 mètres de guipure.

218 — **Divers**. 6 m. 80 cent. de guipure en deux pièces.

219 — **Divers**. Cinq pièces en guipure.

220 — **Divers**. Six fichus en broderie ancienne.

221 — **Divers**. Quatre pièces tulle brodé.

222 — **Divers**. Lot de pièces en filet.

223 — **Divers**. 4 mètres de tulle brodé.

224 — **Divers**. 11 m. 75 cent. de guipure.

225 — **Divers**. Deux écharpes blonde.

226 — **Divers**. 1 mètre point d'Espagne.

227 — **Divers**. Quatre pièces de broderies garnies de dentelles.

228 — **Divers**. Six jabots garnis de dentelles diverses.

229 — **Divers**. Six pièces en broderies appliquées.

230 — **Divers**. Trois bandes en fil tiré.

231 — **Divers**. Douze morceaux en fil tiré.

232 — **Divers**. Dix coupes en point à l'aiguille.

233 — **Divers**. 8 m. 5o cent. point à l'aiguille.

234 — **Divers**. 8 m. 8o cent. point à l'aiguille.

235 — **Divers**. Dix-huit morceaux de broderies anciennes.

236 — **Divers**. Cinq écharpes Grenade et une blonde espagnole.

237 — **Divers**. Nappe filet.

238 — **Divers**. Nappe filet ancien.

239 — **Divers**. Quatre bandes en fil tiré.

240 — **Divers**. Trois nappes fil tiré.

241 — **Flandre**. Cinq coupes.

242 — **Flandre**. Deux voiles.

243 — **Malines**. Coupe 5 m. 5o cent.

244 — **Malines**. Deux coupes.

245 — **Malines**. Cinq coupes.

246 — **Malines**. Huit coupes.

247 — **Milan**. Un mouchoir.

248 — **Milan**. Coupe 5 mètres.

249 — **Milan**. Coupe 4 m. 35 cent.

250 — **Milan**. Col.

251 — **Milan**. Coupe 3 m. 20 cent.

252 — **Milan**. Coupe 2 m. 5o cent.

253 — **Milan**. Col.

254 — **Milan**. Fichu.

255 — **Milan**. Coupe 3 m. 3o cent.

256 — **Milan**. Deux coupes.

257 — **Milan**. Coupe 3 mètres.

258 — **Milan**. Coupe 4 m. 6o cent.

259 — **Milan**. Six pièces.

260 — **Milan**. Deux pièces.

261 — **Milan**. Pèlerine.

262 — **Milan**. Deux coupes et un mouchoir.

263 — **Milan**. Coupe 4 m. 20 cent.

264 — **Milan**. Coupe 3 m. 3o cent.

265 — **Milan**. Coupe 2 m. 8o cent.

266 — **Milan**. Trois coupes.

267 — **Milan**. Trois coupes.

268 — **Milan**. Coupe 4 m. 20 cent.

269 — **Milan**. Coupe 6 mètres.

270 — **Valenciennes**. Treize bouts de Valenciennes. — Deux mouchoirs et une ombrelle en point à l'aiguille.

271 — **Valenciennes**. Six fichus garnis de Valenciennes.

272 — **Valenciennes**. Huit coupes.

273 — **Valenciennes**. Douze coupes.

274 — **Valenciennes**. Quatorze coupes.

275 — **Valenciennes**. Neuf coupes de Valenciennes. — Quatre coupes, point de Paris et une coupe Binche.

276 — **Venise**. Napperon.

277 — **Venise**. Coupe.

278 — **Venise**. Coupe 1 m. 30 cent.

279 — **Venise**. Coupe 80 cent.

280 — **Venise**. Tapis Venise et un tapis filet.

281 — **Venise**. Coupe 3 mètres.

282 — **Venise**. Coupe 5 m. 80 cent.

283 — **Venise**. Quatre coupes 4 m. 50 cent.

284 — **Venise**. Coupe 7 mètres (bordée en Cluny).

285 — **Venise**. Nappe.

ÉTOFFES

286 à 290 — CHAPE, voile de calice et autres fragments divers provenant d'ornements sacerdotaux en ancien velours de Gênes rouge à ramages. Ensemble vingt pièces.

291-292 — HABIT NON MONTÉ en velours violet, brodé à fleurs en soies de couleurs. Époque Louis XVI. Ensemble cinq pièces.

293 — GILET NON MONTÉ en satin blanc brodé à fleurettes en soies de couleurs. Époque Louis XVI.

294 — ROBE DÉFAITE en satin gris broché simulant la dentelle. XVIIIe siècle.

295 — GILET en soie violette, brodé à fleurs en soies de couleurs. — Deux côtés de corsage en soie brochée à fleurs. XVIIIe siècle.

296 à 300 — FORT LOT d'étoffes anciennes et modernes en velours, soie et satin brodés, brochés, ou imprimés. Environ cent dix pièces. (Sera divisé.)

TABLEAUX

ÉCOLE FRANÇAISE
(XVIIIe siècle)

3o1 — *Portrait d'Homme en costume de chasseur.*

Toile.

ÉCOLE FRANÇAISE
(XVIIIe siècle)

3o2 — *Les Enfants jardiniers. — Les Enfants oiseleurs.*

Peintures en camaïeu sur toile, faisant pendants, pour dessus de porte.

Haut., 41 cent.; larg., 52 cent.

ÉCOLE FRANÇAISE

3o3 — *La Lecture dans le parc.*

Toile.

Cadre en bois sculpté et doré.

Haut., 43 cent. 1/2 ; larg., 35 cent.

BOUCHER
(D'après)

3o4 — *Pastorale.*

Toile.

Haut., 40 cent.; larg., 32 cent.

ROSALBA
(D'après CARRIERA)

3o5 — *Portrait de Femme en buste.*

Vêtue d'un costume décolleté, la chevelure parée d'un petit bouquet de fleurs.

Pastel.

Haut., 46 cent. ; larg., 37 cent.

OBJETS VARIÉS

306 — GRELOT de poste marqué : *Robert au Puy.*

Diam., 11 cent.

307 — COFFRET A OUVRAGE RECTANGULAIRE en bois incrusté
d'ivoire, de nacre et d'étain.

Long., 28 cent.

308 — COFFRET en marqueterie de cuivre sur écaille ;
décor d'arabesques, singes, etc.

Long., 27 cent.

309 — COFFRET-SEMAINIER en bois et marcassite.

Long., 28 cent.

310 — COFFRET RECTANGULAIRE en bois de placage. Garniture de fer gravé. XVIIe siècle.

Long., 26 cent.

311 — COFFRET en bois incrusté de nacre et orné d'appliques en argent. Travail chinois.

Long., 34 cent.

312-313 — QUATRE COFFRETS RECTANGULAIRES, de dimensions variées, en bois sculpté, décor de feuillages, cartouches et armoiries. Travail de *Bagard, de Nancy.*
XVIIe siècle.

314-315 — DEUX BOITES A POUDRE CYLINDRIQUES, avec couvercles, en bois sculpté de *Bagard, de Nancy ;* l'une
ornée de deux cœurs enflammés avec inscription :
Ils sont unis, et rinceaux. L'autre, d'une armoirie.
XVIIe siècle.

Diam., 13 cent.

316 — Coffre en bois de placage et marqueterie, muni de deux tiroirs. xviie siècle.

Long., 35 cent.

317 — Petit coffret en bois sculpté, à décor de rinceaux. Le dessus du couvercle muni d'une pelote. Ancien travail de *Bagard, de Nancy*. xviie siècle.

Long., 17 cent. 1/2.

318 — Coffret en bois sculpté, ancien travail de *Bagard, de Nancy*. Le couvercle est orné d'une plaque en ancien émail de Limoges, représentant un sujet mythologique.

Long., 19 cent.

319 — Petit modèle de commode en marqueterie à cubes. Elle est munie de trois tiroirs. Époque Louis XVI.

Haut., 38 cent.; larg., 39 cent.

320 — Petit modèle de chiffonnier en acajou, muni de sept tiroirs. Dessus de marbre et galerie de cuivre. Époque Louis XVI.

Haut., 43 cent.

321 — Portefeuille-écritoire en maroquin, décoré d'une petite bordure en dorure. xviiie siècle

Long., 37 cent.

322 — Écritoire en marqueterie de cuivre sur écaille, ornée de bronzes.

Long., 17 cent.

323 — Écritoire, en forme de cassolette à trépieds, en bronze. Commencement du xixe siècle.

Haut., 17 cent.

324 — Deux coupes avec leur présentoir en verre taillé.

Long., 22 cent.

325 — Paire de vases en verre opale, avec monture en bronze ciselé et doré : collerette, anses à col de cygne et base. XIXe siècle.

Haut., 24 cent.

326 — Petit vase ovoïde en spath-fluor, monture en bronze doré, comprenant : collerette, anses et base, à décor de guirlandes et entrelacs. Fin du XVIIIe siècle.

Haut., 18 cent.

327 — Vase, de forme ovoïde, à deux anses, en marbre. Piédouche en bronze.

Haut., 24 cent. 1/2.

328 — Petit vase en spath-fluor, sur socle en marbre.

Haut., 23 cent. 1/2.

329 — Dévidoir en acier et bronze, en forme de portique. Commencement du XIXe siècle.

Haut., 27 cent. 1/2.

330 — Porte-mouchettes en bronze ciselé doré et gravé. Décor de bordures à arabesques et petits mascarons. Époque Régence.

Long., 25 cent.

331 — Pelle et pincettes en fer, manches en bronze.

Long., 69 cent.

332 — Pelle et pincettes en fer et bronze. Style Louis XVI.

Long., 82 cent.

333 — PELLE ET PINCETTES en fer et bronze.

Long., 98 cent.

334 — GRANDE PELLE ET PINCETTES en fer et bronze. Style Louis XV.

Long., 1 m. o3 cent.

335 — GRANDE VERSEUSE couverte en cuivre repoussé, décor de godrons et imbrications. XVIIe siècle.

Haut., 46 cent.

336 — RAFRAICHISSOIR en cuivre, deux autres en tôle émaillée au four.

Long., 28 cent.

337 — QUATRE VERRIÈRES-RAFRAICHISSOIRS en tôle vernie au four; décor de style chinois.

Long., 27 cent.

338 — POIGNÉE D'ÉPÉE, avec garde en argent ciselé. Époque Louis XVI.

Haut., 16 cent.

339 — DEUX ÉPÉES, avec poignées en fer repercé et gravé, partiellement doré. XVIIIe siècle.

Long., 98 cent.

340 — ÉPÉE DE COUR, avec poignée en acier, dans un fourreau en galuchat. Époque Louis XVI.

Long., 96 cent.

341 — ÉPÉE à poignée en bronze doré. Époque Louis XV.

Long., 86 cent.

342 — CANNE à bout de cuivre, ornée d'une bague en argent ajouré.

343 — Canne à pomme de cristal taillé et garnie argent. XIXe siècle.

344 — Canne à bout de cuivre et pomme en or guilloché et ciselé. Époque Louis XVI.

345 — Canne à pomme d'or ciselé ; décor de canaux, guirlandes et monogramme. Époque Louis XVI.

346 — Canne à pomme d'or repoussé et ciselé, à décor de rocailles et personnages figurant la Danse. Époque Louis XV.

347 — Petite pendule en marqueterie genre Boulle, ornée de bronzes. Sur socle en marbre bleu turquin. XVIIIe siècle.

Haut., 28 cent.

348 — Statuette, sur socle carré, en ivoire, représentant un gueux debout portant sa besace. — Deux netskés japonais en ivoire.

Haut. de la statuette, 12 cent. 1/2.

349 — Statuette en terre cuite d'enfant nu debout, tenant un oiseau. XVIIIe siècle.

Haut., 34 cent.

350 — Deux statuettes en ivoire sculpté : Pêcheur et pêcheuse ; sur socle cylindrique en bois noir mouluré d'ivoire.

Haut., 18 cent.

351 — Groupe en terre cuite peinte : le Cuvier. XVIIIe siècle.

Haut., 17 cent.

352 — STATUETTE de femme assise, jouant de la guitare, en bronze ciselé et doré; sur socle en marbre.

Haut., 15 cent.

353 — GROUPE en bronze patiné, représentant un Enlèvement; sur terrasse en bronze doré à rocailles.

Haut., 63 cent.

354 — STATUETTE d'amour tenant deux torches en bronze doré; sur gaine en porphyre.

Haut., 19 cent.

355 à 357 — TROIS IMPOSTES ET SIX VERRIÈRES, contenant seize vitraux, ronds ou rectangulaires. Allemagne et Suisse, XVIᵉ et XVIIᵉ siècles.

358 — LUSTRE, à six lumières, en bronze poli. Style Louis XIV.

Haut., 65 cent.

359 — GLACE, dans un cadre rectangulaire, avec fronton ajouré, en bois sculpté ciré; décor d'arabesques, mascaron, palmettes, etc. Époque Louis XIV.

Mesures de vue : Haut., 63 cent.; larg., 47 cent. 1 2.

360 — MIROIR, dans un cadre en bois sculpté ciré, décor de feuilles d'acanthe, feuilles d'eau, ruban et perles. Époque Louis XVI.

Dimensions de vue : Haut., 1 m. 11 cent.; larg., 84 cent.

361 — MIROIR, dans un cadre à crossettes en bois sculpté redoré ; à décor de vase et guirlandes. Époque Louis XVI.

Haut., 85 cent.; larg., 50 cent.

362 — Lot de baguettes Louis XVI en bois sculpté et doré, à décor de feuilles.

Environ 8 m. 50 cent. de développement.

363 à 373 — Sous ces numéros seront vendus, séparément ou par lots, des cadres anciens et modernes en bois sculpté ou en pâte, dorés et autres.

BRONZES D'AMEUBLEMENT

374 — Lanterne pentagonale en bronze, décor de rocailles, petites consoles à volutes.

Haut., 73 cent.

375 — Autre lanterne en bronze, décor analogue.

Haut., 1 mètre environ.

376 — Pendule en bronze ciselé et doré, et marbre blanc,
de forme monumentale, ornée d'une statuette de femme
et enfant. Style Louis XVI.

Haut., 40 cent.

377 — Flambeau de bouillotte en bronze ciselé et doré,
à trois lumières, muni d'un abat-jour mobile sur tige.

Haut., 70 cent.

378 — Paire de flambeaux en bronze ciselé et doré, à
tige-balustre ; décor d'entrelacs, tresses et profils mé-
daille. Époque Louis XIV.

Haut., 23 cent. 1/2.

379 — Paire de flambeaux en bronze ciselé et doré ; décor de rocailles et cartouches. Époque Louis XV. Disposés pour la lumière électrique.

Haut., 25 cent.

380 — Deux paires de flambeaux en bronze ciselé ; décor
de cannelures. Époque Louis XVI. Deux sont disposés
pour la lumière électrique.

Haut., 26 cent 1/2.

381 — DEUX PAIRES D'APPLIQUES en bronze ciselé et doré,
à deux lumières ; décor de rocailles et feuillages.

Haut., 51 cent.

382 — DEUX AUTRES PAIRES semblables aux précédentes.

Haut., 51 cent.

383 — PAIRE D'APPLIQUES, à deux lumières, en bronze
ciselé et doré. Elles sont ornées de mascarons à tête
de bélier et de guirlandes.

Haut., 48 cent.

384 — PAIRES D'APPLIQUES, à deux lumières, en bronze
ciselé et doré ; décor de rocailles et feuillages.

Haut., 50 cent.

385 — PAIRE D'APPLIQUES en bronze ciselé et doré ; décor
de mascarons d'hommes barbus, et vase de couronne-
ment. Époque Louis XVI.

Haut., 34 cent. 1/2.

386 — PAIRE D'APPLIQUES, à deux lumières, en bronze
ciselé et doré. Tiges à cannelures rudentées, feuillages
et nœuds de ruban. Époque Louis XVI. Le ruban de
suspension a été ajouté postérieurement.

Haut., 40 cent.

387 — PAIRE DE CHENETS en bronze ciselé et doré, modèle
à vases et cassolettes ; décor d'entrelacs, rosaces et
cannelures.

Haut., 36 cent.

388 — Paire de grands chenets en bronze ciselé et doré :
Enfants sur des rocailles.

Haut., 49 cent.

389 — Paire de chenets en bronze ciselé et doré, modèle à volutes feuillagées.

Larg., 32 cent.

390 — Paire de chenets en bronze ciselé et doré ; décor
d'entrelacs ajourés, rosaces et pommes de pin. Époque Louis XVI.

Long., 29 cent.

SIÈGES

391 — Tabouret, de forme cintrée, en bois sculpté peint gris. Garniture de velours épinglé.

Long., 5g cent.

392 — Tabouret en bois tourné ciré. Garniture d'ancienne broderie de soie en point de Hongrie.

Long., 46 cent.

393 — Tabouret X rectangulaire en bois mouluré ciré moderne. Il est recouvert d'ancienne broderie au passé, du temps de Louis XIII.

Long., 63 cent.

394 — Écran en bois mouluré, sculpté et ciré. Muni d'une feuille rectangulaire en drap, avec applications de broderie au passé du temps de Louis XIII.

Haut., g2 cent.

395 — Deux petits tabourets de pieds ovales en bois sculpté peint vert; décor de fleurettes. Garniture de soie brochée.

Long., 35 cent.

396 — Deux fauteuils en bois sculpté, mouluré et ciré; décor de fleurettes. Époque Louis XV. Garniture de velours.

Larg., 61 cent.

397 — Fᴀᴜᴛᴇᴜɪʟ canné en bois sculpté ciré, de forme mouvementée; décor de coquilles, rocailles et feuilles. Époque Louis XV.

Larg., 63 cent.

398 — Dᴇᴜx ғᴀᴜᴛᴇᴜɪʟs en bois sculpté peint gris, dossiers carrés, pieds fuselés à cannelures; décor d'enroulement de ruban et feuillages. Époque Louis XVI. Recouverts en toile genre Jouy.

Larg., 57 cent.

399 — Fᴀᴜᴛᴇᴜɪʟ en bois sculpté peint, dossier-lyre, accotoirs-balustres. Le siège est garni de cuir. Époque Louis XVI.

Larg., 61 cent.

400 — Sɪx ᴄʜᴀɪsᴇs en bois sculpté peint gris; décor de perles et de rais-de-cœur. Époque Louis XVI. Garnitures diverses : velours et tapisserie au point.

Larg., 50 cent.

MEUBLES

401 — Coffre de voyage rectangulaire en bois plaqué
de métal

Long., 1 m. 06 cent.

402 — Table rectangulaire en bois tourné, sculpté et
ciré. Époque Louis XIII. Le dessus est garni de tapisserie au point.

Long., 80 cent.

403 — Buffet, à deux corps, en bois ciré, à fronton
cintré. Il ouvre à quatre portes et deux tiroirs. xviii^e
siècle.

Haut., 2 m. 65 cent.; larg., 1 m. 32 cent.

404 — Armoire en bois mouluré ciré, à fronton cintré ;
panneaux à médaillons. xviiie siècle.

Haut., 2 m. 30 cent.; larg., 1 m. 43 cent.

405 — Armoire ancienne en bois mouluré, sculpté et ciré,
munie d'un fronton. Elle ouvre à deux portes. Décor
de tiges de fleurs.

Haut., 2 m. 25 cent.; larg., 1 m. 44 cent.

406 — Armoire en bois sculpté ciré, ouvrant à deux portes ;
décor de frise de rinceaux, gerbes de fleurs. Montants
cannelés et rudentés.

Haut., 2 m. 40 cent.; larg., 1 m. 46 cent.

407 — Armoire en bois sculpté ciré, ouvrant à deux portes
vitrées ; décor de corbeilles de fleurs, et de tores de
laurier sur les montants.

Haut., 2 mètres ; larg., 1 m. 27 cent.

408 — ARMOIRE en bois sculpté ciré, ouvrant à deux portes ;
décor de frise de rinceaux, corbeilles fleuries et gerbes
de fleurs. Montants à cannelures et pampres de vigne.

Haut., 2 m. 45 cent.; larg., 1 m. 52 cent.

409 — ARMOIRE ancienne en bois sculpté, mouluré et ciré,
ouvrant à deux portes ; décor de tiges de fleurs et
pampres de vigne.

Haut., 2 m. 20 cent , larg., 1 m. 17 cent. .

410 — BUREAU dos d'âne en bois de placage. Il est muni
de deux tiroirs dans la ceinture. Époque Louis XV.
Garniture de bronze.

Haut., 91 cent.; larg., 81 cent.

411 — PARAVENT, à quatre feuilles peintes, présentant,
sur une face, des corbeilles de fleurs posées sur des
consoles à draperies; sur l'autre face, des singes, des
personnages de la Comédie italienne, des arabesques
et des médaillons. xviiie siècle.

Haut., 1 m. 46 cent.

412 — GRANDE COMMODE en bois de placage, de forme
mouvementée, ouvrant à deux rangs de tiroirs; dessus
de marbre. Époque Louis XV. Garniture de bronze.

Haut., 87 cent.; larg., 1 m. 60 cent.

413 — COMMODE en bois de placage et marqueterie à
filets, de forme mouvementée, à trois rangs de tiroirs;
dessus de marbre. Époque Louis XV. Garniture de
bronzes.

Haut., 81 cent.; larg., 1 m. 17 cent.

414 — TABLE-COIFFEUSE en bois de placage. Fin de
l'époque Louis XV.

Long., 85 cent.

414 *bis* — TABLE OBLONGUE, à entrejambes, en acajou et
dessus ceinturé de cuivre.

415 — LIT en bois sculpté peint, décor de perles, feuilles
d'eau ; colonnes détachées sur les côtés. En partie de
l'époque Louis XV. Garniture de satin imprimé.

Larg., 1 m. 40 cent.

416 — TABLE-BOUILLOTTE, de forme demi-lune, en acajou.
Époque Louis XVI. Enrichie de bronzes dorés.

Larg., 1 m. 06 cent.

417 — BUREAU A CYLINDRE, surmonté d'une vitrine, en
acajou. Baguettes, galerie ajourée en cuivre ; dessus
de marbre. Époque Louis XVI.

Larg , 94 cent.

418 — CHIFFONNIER en acajou, ouvrant à six tiroirs, muni
de poignées de tirage, moulures et galerie ajourée en
cuivre ; dessus de marbre blanc. Époque Louis XVI.

Haut., 1 m. 32 cent.; larg., 76 cent.

419 — CONSOLE-DESSERTE en acajou, sur pieds cannelés
reliés par une tablette d'entrejambes. Moulures, filets
et galerie ajourée en cuivre. Epoque Louis XVI.

Long., 97 cent.

420 — TABLE-BOUILLOTTE, de forme demi-lune, en acajou,
reposant sur quatre pieds fuselés et cannelés. Encadrement de baguettes de cuivre. Époque Louis XVI.

Haut., 75 cent.; larg., 1 m. 11 cent.

421 — GUÉRIDON en acajou, sur quatre pieds fuselés et cannelés. Il est muni de deux tirettes ; dessus de marbre blanc ceinturé d'une galerie ajourée en cuivre. Époque Louis XVI.

Diam., 65 cent.

422 — CHIFFONNIER, à six tiroirs, en acajou ; moulures, baguettes et galerie ajourée en cuivre ; dessus de marbre blanc. Époque Louis XVI.

Haut., 1 m. 54 cent.; larg., 67 cent.

423 — SECRÉTAIRE DROIT en acajou, ouvrant à abattant ; la partie supérieure formant vitrine. Il est muni de quatre tiroirs. Incrustations et baguettes en cuivre ; dessus de marbre gris, galerie ajourée. Époque Louis XVI.

Haut., 1 m. 67 cent.; larg., 74 cent.

424 — TABLE-COIFFEUSE RECTANGULAIRE en marqueterie de bois de couleur, sur pieds carrés en gaine. Époque Louis XVI.

Haut., 72 cent.; larg., 80 cent.

425 — COMMODE DROITE en acajou, à cinq tiroirs. Baguettes, filets, poignées en cuivre ; dessus de marbre. Époque Louis XVI.

Haut., 91 cent.; long., 1 m. 29 cent.

426 — PETITE TABLE en acajou, de forme rectangulaire. Elle est munie de trois tiroirs et d'une tablette d'entrejambes ; dessus de marbre blanc, ceinturé d'une galerie ajourée en cuivre. Époque Louis XVI.

Haut., 75 cent.; larg., 49 cent.

427 — Commode demi-lune en acajou mouluré, ouvrant à
trois tiroirs et deux portes ; dessus de marbre. Époque Louis XVI.

Long., 1 m. 12 cent.

428 — Petite console-servante en acajou mouluré, munie
d'un tiroir. Tablette d'entrejambes ; dessus de marbre
encastré, ceinturé d'une galerie ajourée en cuivre.
Époque Louis XVI.

Haut., 72 cent.; larg., 55 cent.

429 — Table rectangulaire en bois sculpté ciré, sur pieds
fuselés, décor de rinceaux, trophées, feuillages et
enroulement de ruban ; dessus de marbre.

Long., 1 m. 30 cent. ; larg., 63 cent.

430 — Horloge en bois sculpté, à décor de feuillages et
perles, etc.

431 — Table rectangulaire en acajou, ornée de bronzes.
Elle supporte une vitrine plate en cuivre.

Long., 90 cent.; larg., 60 cent.

432 — Autre table, avec vitrine analogue à la précédente.

Long., 90 cent.; larg., 60 cent.

433 — Table rectangulaire en bois sculpté ciré, à pilastres et cariatides. Dessus à allonges.

Long., 1 m. 42 cent.

434 — Console en marqueterie de bois de couleurs ; décor
de vase, fleurs, oiseaux. Tablette d'entrejambes et colo-
nettes détachées sur le devant.

Long., 85 cent.

435 — Secrétaire droit en acajou, ouvrant à abattant, deux portes et un tiroir. Baguettes de cuivre; dessus de marbre.

Haut., 1 m. 43 cent.; larg , 93 cent.

436 — Petite table rectangulaire, à étagère, en bois mouluré, ouvrant à un tiroir.

Haut., 74 cent.; larg., 44 cent.

437 — Meuble-médaillier en acajou, à nombreux tiroirs; dessus de marbre.

Haut., 1 m. 12 cent.; larg., 62 cent.

438 — Petite table de chevet ovale en acajou, à tablette d'entrejambes, ouvrant à une porte ; dessus de marbre blanc, encastré. Galerie ajourée et incrustations de baguettes de cuivre.

Haut. 74 cent.; larg., 47 cent.

439 — Table de chevet, forme fût, en bois de rose, ouvrant à deux portes et reposant sur trois pieds cambrés ; dessus de marbre et galerie ajourée en cuivre.

Haut., 80 cent.

440 — Table rectangulaire, à extrémités cintrées, en bois de placage, ouvrant à tiroirs. Pieds carrés en gaine. Tablettes d'entrejambes. Galerie ajourée en cuivre, garniture de bronzes.

Haut., 77 cent.; larg., 77 cent.

441 — Table ovale en marqueterie de bois de couleurs; décor de tiges et corbeilles de fleurs. Pieds cambrés, à tablette d'entrejambes. Elle ouvre à un tiroir.

Haut., 71 cent.; larg., 57 cent.

442 — Horloge sur gaine en bois noir, écaille et marqueterie de cuivre. Style *Boulle*.

Hauteur totale, 2 m. 32 cent.

443 — Petit meuble-vitrine en bois de placage, de forme
mouvementée, ouvrant à porte et deux tiroirs. Travail
hollandais.

Haut., 65 cent.; larg., 45 cent.

444 — Objets omis au présent Catalogue.

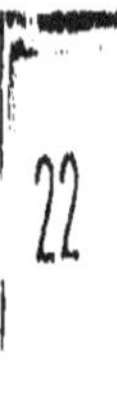

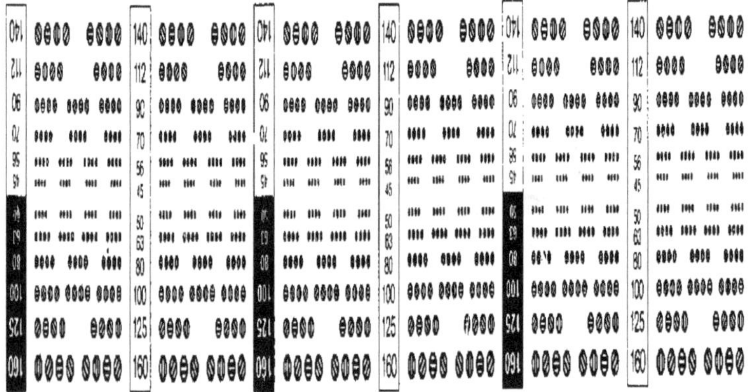

RED. :

22

MIRE ISO N° 1
NF Z 43-007
AFNOR
Cedex 7 - 92080 PARIS-LA-DÉFENSE

0 1 2 3 4 5 6 7 8 9 10

graphicom